KB210760

감(感)에 관한 사담들
윤성택 시집

문학동네시인선 045 윤성택

감(感)에 관한 사담들

시인의 말

돌아올 수 없는 추억은 아름답다
그런 추억일수록
현실을 누추하게 관통해야 한다
모든 기억은 추억으로 죽어가면서
화려해지기 때문이다

2013년 6월
윤성택

차례

1부

기억 저편

한 사람이 나무로 떠났지만
그 뒷이야기에 관심이 없는 것처럼
어느 날 나무가 되어 돌아온 그를
아무도 알아보지 못한다
어쩌면 나는 그때 이미 떠난 그였고
아직도 돌아오지 않았는지 모른다
떠난 그가 남긴 유품을 새벽에 깨어
천천히 만져보는 기분,
길을 뒤돌아보면
그를 어느 나무에선가 놓친 것도 같다
나는 얼마나 멀리 떠나온 것일까
살아간다는 건 온 신경을 유목한다는 것이다
그가 떠난 자리에 잠시 머물면서
이렇게 한 사람을 부르는 것이다

아틀란티스

바닷속 석조기둥에 달라붙은 해초처럼
기억은 아득하게 가라앉아 흔들린다
미끄러운 물속의 꿈을 꾸는 동안 나는 두려움을 데리고
순순히 나를 통과한다 그리고 아무도 없는 곳에 이르러
막막한 주위를 둘러본다 그곳에는 거대한 유적이 있다
폐허가 남긴 앙상한 미련을 더듬으면
쉽게 부서지는 형상들
점점이 사방에 흩어진다 허우적거리며
아까시나무 가지가 필사적으로 자라 오른다
일생을 허공의 깊이에 두고 연신 손을 뻗는다
짙푸른 기억 아래의 기억을 숨겨와
두근거리는 새벽, 뒤척인다 자꾸 누가 나를 부른다
땅에서 가장 멀리 길어올린 꽃을 달고서
뿌리는 숨이 차는지 후욱 향기를 내뱉는다
바람이 데시벨을 높이고 덤불로 끌려다닌 길도 멈춘
땅속 어딘가, 뼈마디가 쑥쑥 올라왔다
차갑게 수장된 심해의 밤
나는 별자리처럼 관절을 꺾고 웅크린다
먼 데서 사라진 빛들이 떠오르고 있었다

도시인

이젠 나의 아이디는 서명을 숨기며 나를 믿지 않는다

명함이 낙엽처럼 날리고,
노랗고 붉은 숫자가 우수수 차창에 꽂히면
신발은 차 트렁크 속으로 들어가 주말을 구겨 신는다

오래 저장했던 너의 폴더에서 눈물 냄새가 난다
밤과 낮 기울지 않고 사라지지 않은 채
습기 찬 시간을 머금으며 이름 안에서 순장하듯

비스듬히 잠든 그녀 어깨가 밤빛에 젖는다
가방이 감싼 무릎을 접어 흰 손가락을 내려보낼 때

기억은 눈물 밖에서 떨어지는 빗소리 같은 것이다

검은 생풀 타오르는 굴뚝의 고백은
어떤 딱딱한 물리의 서러움, 연필 끝 지우개처럼
캄캄한 암연(暗然)을 향해서 핏기가 돈다

아직 생성되지 않은 페이지들이 내가 가본 적 없는 곳에서
평생 외워온 패스워드를 찾고 있다 거기쯤
검색중인 저녁을 걷는 나의 골목

가을이 온다, 핸드폰은 얇아지고 다시 아무 일 없듯
수많은 창들이 액정화면처럼 번들거리며
손가락의 힘으로 장면을 밀어버린다

안개

밤이 그치고 숲의 깊은 곳까지 서걱거리는 안개가 불빛
을 들이마신다

구부정한 가로등이 알약 속으로 들어가
어둡고 투명한 병을 만나면
고통도 잠시 별이 될 수 있을까

아침은 불면(不眠) 밖이 만져져 까칠하다

메말라갈수록 잎 하나에 더 집착하는 화분 앞에 섰을 때
모든 길은 내가 가보지 않은 날들에 가서 시든다

책장 안에서도 맨홀 안에서도
어느 바람 속에서도
이대로 끝나간다는 불안이 말라가는 동안
나에게만 전하기 위해
그때 그 잎이 창문을 떼어낸다

터널 같은 안개 속에서 무시로 미등이 다가와
충혈을 불리며 무게 없이 둥둥 떠다닐 때
죽은 우듬지 촉수에서 정전기가 이는 상상

잊혀진 폐가에서도 새벽엔 사람이 모인다

아직 사라지지 않은 안개에 묻혀 있는 낙엽들이
나무를 향해서 수액을 밀어보냈을 뿐

그 살아 있는 순간을 위해 나는 아직 떠나지 못한다
알약 속에 켜져 있는 안개,
창틀에서 뻗어온 가장 시든 잎이 숨을 몰아쉰다

여행

여정이 일치하는 그곳에 당신이 있고
길이 생겨나기 시작한다
시간은 망명과 같다 아무도 그
서사의 끝에서 돌아오지 못한다
그러나 끝끝내 완성될 운명이
이렇게 읽히고 있다는 사실,
사랑은 단 한 번 펼친 면의 첫 줄에서
비유된다 이제 더이상
우연한 방식의 이야기는 없다
이곳에 도착했으니 가방은
조용해지고 마음이 열리기 시작한다
여행은 항상 당신의 궤도에 있다

푸른 음악

더 높아져야 한다 여기저기 벽을 향해서

피아노 소리가 좁은 골목을 나와
대문의 건반을 누르며 걸어간다

불 꺼진 보안등의 음계를 따라
은행잎 쏟아진 자전거 앞이나 금 간 벽 틈을 지나
두근두근 한 음씩 어두워진다

바람이 휘청휘청 걷고 있는 빨랫줄
막다른 곳에 이르러 도돌이표처럼 시작되는 계단이
둥근 무릎을 짚으며 첫 음을 이을 때
나무는 캄캄하게 매달아놓은 쉼표

담벼락 악보로 지은 음악은
화음이 풍부한 식물부터 벽을 오른다

저녁마다 제 음으로 밝아오는 창문,
긴 손가락의 전신주가 손끝에 힘을 모은다

붐비는 공중

밀봉된 엘리베이터에 올라 숫자판을 누른다
스위치 윤곽이 희미하다 비석처럼
얼마나 많은 습관이 새겨진 것인지
닳아가는 과거 같은 어떤 기판에선
생이 오래 기념되기도 하지만,
먹구름 구르릉거리는 수직통로를 따라
전주인의 고지서처럼 낯선 누군가도
얼마간 지문을 남겼을 것이다

지붕 없이 창문만 내 것인 볕은 방향이 바뀌고
벽지에도 서서히 금이 생기는
이 아파트에서는 시간도 비틀려 휜다
먼 생의 손끝이 부르는 시공간이 층층이 열린다
그러나 지금은
바람의 심폐가 계단을 깊게 들이마시는 저녁,

한 평 공간 속에서 몸이 솟구치는 동안
거울 안에는 노인이었다가 아이였다가 나였다가
타인이거나 근친인 외면(外面)이 겹친다
밤마다 가방은 택배처럼 귀가하고
TV는 통속이 머금은 얼굴에 빛을 뿜는다
소음 번지는 콘크리트를 올려다보며
어떤 이들은 박힌 못처럼 잠들지 못하고

가만히 허공에 떠 살다갈 이력들,
사람을 길어올려 조금 더 밝아지는 창문처럼
사십 미터 높이 불빛 뿜비는 무덤이 있다

모니터의 계절

화면 속 커서 아래 턱을 괴고
굴광성이 된다

사람을 이해하는 일이란
그의 방식으로 진실해보는 것이다
그리고 잠시
그의 눈으로 나를 돌아보는 것이다

곁가지를 뻗으면 뻗을수록
투둑투둑 생각이 불거진다
가장 큰 꽃가지가 휘어
자판에 닿으면
손가락으로 조심스럽게 더듬는다

활자는 커서의 심장으로 두근거린다

평면의 내력

시선에 걸린 은빛이 파르르 떨린다
거리는 직선이 이어져 축이 된다
사각의 아파트와 간판과 상가가 있고
한낮 소음은 그 표면들의 질감이다
두꺼운 일일달력을 뚫고 지나가듯
배경 끝으로 밀려가는 생각이
눅눅하고 평평한 오후에 박힌다
아무것도 없는 테두리에
덧바른 나의 몸은 평면이다
살아온 날들이 압착되어 무늬를 이루고
끈질기게 자라는 금 위로
추억이 추억을 포스터처럼 붙여간다
무수한 시침핀처럼 햇빛이 고정되어 있다

뉴스

시간에 기생하는 글자들이 피처럼 번지고
창백한 단추가 그 손끝에 걸린 목을 끄른다
무시무시한 그늘을 누벼온 송신탑 아래
나는 형겊이 되었다가 검은 유체가 되었다가
사라진다

마침표에 묶어 가라앉힌 유서처럼
트래픽 막막한 바닥을 거치며 몸이 덜컥이고
내부로 퍼지는 점과 점 사이,
가상이 스민다

도시에 가득 담긴 안개가 갈린다 믹서기처럼
어둠이 덩어리 된 시간이다

강물이 데려다주는 곳에 떠오르는 외투
수면이 무심코 껴입은 물살로 피어오르면
이리저리 흔들리는 형체들이
끝내 나무가 되지 않기 위해
흰 새들을 토한다

고통의 부력은 그 수심(愁心)에 따르는가

눈동자에 찍힌 빌딩의 불빛으로

남은 생을 비춰보는 날들에게
이날은 무심코 인화되는 생사이다

스스로의 혐의를 모르는 별들만 처연한 밤
어느 목격자가 내 안으로 들어오기도 한다

다시 잠드는 동안

별의 소리는 날마다 천구를 긁는다
시간의 촉감에는 시선이 새겨져 빛을 흘리는
푸른 밑줄에 대한 심경이 있다

나는 도무지 잠들 수가 없어서
잠든 시간에 가서 나를 깨우고
맨발로 꿈을 앞세워 한없이 걷는다

별은 조금씩 내면에 흠집을 내면서
어제와 다른 위치로 명멸한다
몸속으로 궤도를 도는 별들,
나를 지나는 공(空)의 작은 균열
그 핏기를 따라서 섬이 환하게 켜진다

바람미술관

근대적으로 우리는 잠시 겹쳤다가 멀어진다
커다란 액자가 제 틀보다 얇은 세계로 빨려들면
기억은 드라이플라워로 서걱거려
누구도 미라인 자신을 알아볼 수 없다
사람은 모든 소리를 다 듣기 위해 죽는다
그러나 낯선 생을 배회하는 몸처럼
덧칠된 윤곽은 잘 드러나지 않는다
바람이 분다, 정지된 시간을 희미하게 어루만지며
홀연히 서 있는 미술관에서 나를 읽는다
붓을 잡은 손아귀로 미세한 전류가 동심원을 그리며
한 점이 지금 뚫리는 것이다
눈동자에서 풀어지는 먼 꿈의 채도,
누구나 영혼 속에 이젤이 있다
속박된 곡선이 흐르고 주말의 색감이 다가오면
한 장면이 각인된다, 한번쯤 편애해본 색처럼
꿈의 생육이 더욱 강해진다
어둠을 덧발라 빛을 내는 필법을 알지 못해도
나의 눈이 가닿는 그곳
한때 모든 것이 되기 위해 떠났던 낭하이다

다운로드

어느 먼 생각이 깊어져
봄꽃들이 핀다고
그렇게 믿은 적이 있다

잎잎의 주파수를 열어놓고
가혹한 지구의 들판에서
뿌리가 흙 속을 가만히 더듬을 때

화성에는 탐사로봇 스피릿이 있다
다 닳은 드릴이 바닥에서 헛돌고
무섭게 휘몰아치는 돌풍이 불어와도
교신을 끊지 않는다

카메라 속 황량한 표면,
암석의 촉감이 데이터로 읽혀온다
길을 걷다 문득
까닭 없이 꽃을 만져보고 싶다

아무 생각이 나질 않고 다만 멍하니 멈춰
나는, 송수신이 두절된 탐사로봇처럼
결함을 복구하느라 껐다 켰다를 수십 번 반복하는
누군가를 떠올려본다

꽃의 향기에 취해 아뜩한 내가 들여다보는
나의 마음은 누구의 선택이었을까

햇볕이 내리 도달하는 이 봄날,
다운로드 되듯 옮겨온 생각이
혼연일체의 새순에 돋는다

채널

총천연색 희로애락이 낮빛에 피었다 지고
침묵에서 이산화탄소가 배출된다
사각사각 시간을 섭취하는 전선들,
수십 개의 채널이 돌아가고 화살이 꽂힌다
누구든 선택할 수 있으나
그곳에는 우연조차 빗겨가지 못한다
밤은 네트워크처럼 뻗어가는 검은 뿌리였다
기로마다 이끌려온 불행을 어쩌지 못해
목을 맨 주인공도 다음에 계속,
연루된 눈물을 각오하겠다는 듯이
시신경 다발에 일제히 네온이 들어온다
슬픈 듯 그러나 웃긴 듯
간유리 같은 장면들이 흘러가고
복수는 결코 지치지 않는다
각기 한 방향에서 소실점으로 사라지는
브라운관 바깥은 화소 같은 눈알뿐,
사람들은 화분처럼 앉아서 주광성을 띤다

응시

여행의 끝으로부터 벗어나기 위하여
나는 기차의 속도로 풍경에서 사라질 수 있다

당신은 그림자에 호기심을 입혀 나를 돌아보게 한다
삐져나온 것들은 종종, 당신이 조절할 수 없는 조도이거나
공중을 열어 빛을 쏟아지게 한 인상의 절벽
눈(目) 속에는 깃을 떼어낸 갈매기가 파닥인다
타인이 초면 너머에서 짙은 안경을 벗는 동안
나는 기호가 없어진 이정표를 보며
가을로 가는 이명을 앓는다
기다리는 편지는 결코 오지 않는다
기다리는 것 자체가 이미 편지이기 때문이다
계절에 착시를 달아준 저녁놀
가뭇없이 스러지는 어둠은, 응시가 편견이다
녹슨 달이 저 깊은 바다에 사슬을 내리는 곳
두꺼운 점자책 무늬처럼 촉(觸)으로 산란하는 눈(目)

낯선 포구 폐선 근처 빈병 속에는
떠밀려온 빛이 들어 있다

일기

몇 줄 일기를 쓰고 오늘을 뜯는다
뒷장의 어제가 내일까지 이어진다
검붉은 줄에 잇대는 몸,
갈피에 일생이 꽂힌다고 확신하는 날들이다
그날의 페이지로 접혀서 이날까지
아무도 펴주지 않는 사람이 드디어 운다 쭈글쭈글
주름이 얼룩과 내통하며 검은 틈을 벌린다

망자는 책 한 권을 적시는 생을 회상하면서 딱딱하게 굳
는다

제목처럼 살았으므로 누구든 몸 밖에서 꺼낼 수 있다
묘지는 두터운 햇살을 덮은 후 땅속으로 스러지고
꽃들은 문장처럼 뿌리의 필체에 호응한다
바람이 더듬는 들녘의 요철

그날 태어난 사람이 오랜 눈을 감고서
둘러선 가족에게 꽉 쥔 손을 펴지 않는다
그는 세상에서 가장 외로운 운필법
망각의 속도로 먼 날들을 필사해온 3.68kg

천천히 펴본 작은 손바닥에도 획이 있는 것을 보면
이 생이 어떻게 요약될 수 있는지,

그 첫줄을 예감하여서 심전도 그래프가 솟구친다
몇 줄 일기를 쓰고 오늘을 뜯는다
뒷장의 어제가 내일까지 이어진다

비에게 듣다

귀를 대보아도 추억은 난청일 때가 많다
몰아쳤다가 흩어지는 점들의 외곽
가로등은 불빛을 뿌리며 척박한 거리를 키웠다
몇몇 약속은 필라멘트처럼 새벽이 되곤 했지만
나는 아직도 그 온기를 잊지 못한다
흐르는 얼룩을 가까이 들여다보면
유리창은 인상파처럼 집착을 뭉갠다는 사실,
두고 온 날들이 비를 흠뻑 맞고 여전히
가는 빗소리로 턴테이블을 돈다
나는 지하 카페 뒷좌석이거나 눅눅하게 젖어버린 노트,
그러다 뒤집힌 우산이 버티는 후미진 방치
불행하게도 오늘은 스피커만큼 현현하다
바닥 곳곳 둥근 테두리 생겨나고
손잡이를 움직이자 소리가 쏟아져 들어온다
완전한 소음이 될 때까지
시간은 리시버를 구름에 꽂는다

몸

적막이 빈틈을 스산하게 훑는다
감기약을 삼키고 자리에 누우니
약기운이 퍼진다, 이럴 때는
통화권을 이탈한 핸드폰처럼
혹사한 몸이 나보다 더 외롭다

생각을 비울 수는 없어
스위치란 스위치는 다 켜두고
서러운 미열이 잠시 편두통에서 운다
소음과도 같은 그 막막한 자리에
마음은 자꾸 몸을 놓친다

몸이 아프고 떨리는
꿈속의 창들은 칸칸마다 환하여
붕 떠 있는 듯 공허하게
숭숭 뚫린 인광(燐光)을 뿜는다

쉬쉬, 자꾸 바람이 분다
들숨과 날숨은 이제 내 것이 아니다
뒤척이면 뒤척일수록 상한 몸속에서
하모니카 소리가 난다

감(感)에 관한 사담들

바람의 궤와 함께 이어지는 색감에서
사위를 움켜쥔 채 회전하는 윤곽,
신화의 조난 같은 새벽이 다가오는 사이
빛은 여러 개의 가설을 파먹는다

가지마다 행성을 밝히는 액정들
지금도 불 밝은 몇몇의 접속자들

후둑 떨어지는 홍시의 여정을 귀에 들려주면
불면의 시공간이 채집된다

녹슨 자전거 바퀴 속을 항해하는 먼지들은
이제 외계의 답신을 기다리지 않아도 된다

아득히 계통에 없는 유기물로 스며든 후
나선의 사다리를 올라가고 있을 때
감나무에서 붉어지는 봉분이 있다

핏빛 중력이 서서히 끌어당기던 언 땅 밑 항로를 가다보면
나직이 어느 불행과 조우할 수 있을까

새벽녘 얼굴만 비추는 액정에는
파리한 안색이 걸려 있거나 주술처럼 손톱이 부딪쳐온다

별들이 지독한 건 제 빛을 보내
그 눈빛이 되기 때문이다
인간은 붉은 탯줄에 매달려 양육되고
고인은 외장 하드에 검은 시신경을 연결한다

희뿌연 배경 붉은 화소의 감나무는
광속의 주파수를 따라
운명은 다만 서로 돌아다보는 거라고
나뭇가지 갈래로 뻗어가고 있다

감과 감의 경계는 응시이다

지문

그가 나를 기다리다 문밖에서 둥근 지문을 내고
그 안 태풍을 들여다본다

아득한 박동과 그 형태로 뻗어가는 내 낯섦을 빠져나가
기 위해
떠다니는 기면(嗜眠)에서는 꿈도 불순하다

몸이 일그러지고, 촌각마다 화염이 비어져 나올 뿐

누군가 촛불을 끄자 흰 연기가 지느러미를 훑으며
검은 점을 향해 나아간다

먹구름이 휘휘 도는 지문 한가운데 송신탑은
몇 세기의 전자기적인 그믐을 뚫는다

또 한 생애가 천천히 식물로 옮겨가면서
다른 습기 안에 다른 기(氣)가 습하다

지문을 올려다보고 있는 서늘한 빛을
가끔 물웅덩이에서 마주쳐,

오래전 묻어둔 둔덕에 아까시나무 뿌리를 넣고
여태 돌아오지 않는 그의 문을 더듬을 때가 있다

가령 영하라는 사람에 대한 이야기

지금 날씨는 어느 냉장고 속입니다
한여름날 영하를 떠올리듯
이 저온을 유지하기 위해 얼마나 많은 날들이
플러그를 꽂고 있는 걸까요
왠지 모를 그리움이 설핏 껴오는 게
이 추위의 겉봉입니다
밤에 편지로 어두워본 적 있는 사람은
당신의 배후를 동봉한다는 것입니다
편지지를 구겨버리고 새로 꺼내
한 줄마다 심장의 피를 흘려보낸 적 있습니다
몇 줄 지나고 나니 사연에 혈색이 돌고
나는 점점 새벽으로 창백해져갑니다
나는 당신에게로 생각이 입혀지다가
당신 안으로 나를 들여놓습니다
북향의 자취방 작은 창으로 깃든 빛줄기를
여기에 적습니다, 가령 영하는 그날의 체온입니다
필체를 나눠가진 주말은 갔고
그날은 푸른빛으로 인화되는 소인입니다
날마다 나는 영하처럼 어디론가 흘러갑니다

먼지

미지를 열망하는 시간의 경향이다

나는 더이상 그곳에 있지 않다
마지막으로 떠나오면서 길을 비웠다

진동하는 공기의 패턴이
허공에 뭉쳐진다

방치된 밤낮,

정밀한 각인(刻印)이 시작된다

2부

해후

꼭 한번은 누구도 모르게 자신의 일생을 만나고 간
사람에게 타인을 입힌다, 다시 만난 듯
인상이 호감을 조금씩 떼어내며 서로의 구면이 된다
폭우처럼 밀려오는 말(言)의 기압골에 표류하는 소리 소
리들
금을 새기듯 번쩍번쩍 의미가 얼굴을 바꾸는 중이다
이때 가장 빠르게 눈동자로 옮긴 둥긂에서 빛이 스러진다
기억의 뒷면에는 언제나 터널이 있다
그곳으로부터 여행 온 사람이 지금 태연하게 웃는다
우리가 알고 있는 동안은 그대로 독하다
아무도 모르는 내가 되어본 적 있는 사람은 안다
눈을 부릅뜨는 것보다 때론
그 사람의 눈에서 처음 보는 나를 쓸쓸하게
떠나보내주어야 할 때가 있는 것이다

비의(悲意)

슬픔은 과거에 저항하며 벽을 쌓고
비좁은 창을 내는 방식으로 지어졌다

먹구름이 차오르면서
바람은 밀도 높은 신경을 가설해놓는다
그곳의 마찰을 비의라 한다

일생이 흐린 날 확률 속에 존재하며
어둠에 물들어가므로 우연은
그 인력(引力)으로부터 기인해왔다

추억이란 스스로의 미련을 완성하기 위해
만들어낸 불우한 장치이다

비릿한 나선을 따라 신경이 뻗어간다

봄의 섬광

북극에서 여의도만한 빙하가 떠내려온다

여덟 번 덧바르다 만 봄은 인상적이지 않다
물감을 짓이기는 아지랑이,
내륙의 무너진 건물은 먼지조차 핏빛이다

다 그릴 수 없이 우거진 햇빛이
깨진 유리창처럼 시려와
공장 굴뚝을 내려가면 홍수로 휩쓸리는 맨홀이고
뚜껑을 열고 나오면 주름진 터번만큼
더 주름진 노인이 땡볕에 앉아 있다 우리의
믿음은 시추공 끝에서 시커먼 기적을 길어올린다

불발탄을 쌓아둔 공터의 목발아,
공은 왜 차고 싶은 거니? 아이가 아이를 업고
사라지는 천막을 들추면 캄캄한 저편
살아 있는 아버지가 무덤에 누워 있다

그게 다큐멘터리 탓만은 아니다
이제 사람들은 처음 보는 이름을 슬퍼한다
낮게 바깥으로만 흐르는 눈물이
빙산을 여태 지고 온다는 소식,

몸에 폭탄을 두른 청년이 버스에 올라
마지막으로 내다보는 창밖
무거운 순서처럼 봄이 오고 있다

저녁의 질감

새들은 아무도 기약하지 않는 곳에 날아가 빈집을 낳는다
침목의 결이 커튼처럼 역과 역에 접히면 민박집 창이
열렸다가 가뭇없이 사라지고
그날의 연한을 모르는 낙서와 같은 고백이
빈방에 남아 시들어가는 노을을 걸어둔다

수첩 속에는 휘청거리는 문장들이 닻을 내리고
저녁의 심지 같은 쓸쓸한 몽상만이 끝없이 흔들린다
가까이 만지기 위해 손 내미는 회색 테트라포드,
삐죽빼죽한 새벽이 부서지고 또 부서져도 나는
내 빈틈으로 드나들던 슬픔을 알지 못한다

등대는 하얀 기둥을 열었다 닫으며
물결에 열주를 드리운다 바닷속으로
사라진 그림자들이 조난신호처럼 불빛을 축조하는 밤
나는 심해로 가라앉는 피아노를 생각한다
검은건반의 음은 더이상 항해하지 않는다
썰물이 휩쓸고 간 해변에 장갑이 떠밀려가고
내가 거역할 수 없는 은유가 운명처럼
나를 데려간다고 믿는다

안개가 꿈꾸는 부두 너머 길이 있고
가보지 못한 날이 열려 있는 가방이 있다

모든 길이 사라진 저편, 맹렬하게 소멸해가고 있는
한 점은 다시 누군가의 눈(目)이 될 것이다

꿈

아직도 우리는 살아서 잊는다
잊어서 아직도 내일이 다가온다
낯선 내가 깨어나면 밤사이
어떤 밀도를 지나왔는지 알 수 없다
별빛이 무수한 꿈들에 닿을 때
아득하게 가라앉아 있는 심연 아래
누구에게나 떠오르지 않는 슬픔이 있다
다만 습관처럼 밤을 기다렸고
사소하게 눈을 감아왔다는 것
별은 그 안에서 일생을 밝힌다
어느 미지에 불현듯 몸을 빌려
깨어난다 해도 이 밤을 각오해야 한다
밤하늘이 세포로 촘촘하여
꿈은 내내 나를 여행하다
이 밤에 잠시 머무는 생각

슬픔의 지형

무릎을 끌어안고 천장을 본다
수위를 모르는 공기는 적요로운 부력이다
머리로 벽을 툭툭 치받는 집착이
제 고통을 식물성처럼 씹는다

질긴 목숨을 운명에 묶고
캄캄한 반경을 맴도는 사람들
영혼은 팽팽한 제 끝점을 돌고 돌아 사라진다

사람에겐 누구나 빛으로 살다온 혹성이 있다

거울 속에서 콧김을 내뱉으며 이편을 바라본다
그 안에는 혹성 같은 눈동자가 있어
쉭쉭 훑어오는 슬픔의 지형을 따라
끊임없이 환영이 만들어진다

욕조의 마개가 빠진 것처럼
눈동자 한가운데 검은 소용돌이가 인다

윤이든

몸 안에 맺힌 한 점이 물길을 타고
아득한 곳으로 이를 때
외계의 섭동을 뚫고 깃든 몸의 지형이 있다

아내가 이불을 덮고 잠든 동안에도
달은 궤도를 돌고, 내륙으로
묽어지는 빛이 천천히 유영하면서
그 여린 콧속을 나와
한 호흡씩 방안을 비추다 흩어지는 것이다

달의 바깥에서 이끌리는 먼지처럼
양막(羊膜) 속 떠다니는 열이 지층을 이루는 밤
유적 같은 잠이 탯줄에서 뒤척인다
웅크린 꿈에도 무수한 생애가 지난다

배를 쓰다듬으며 아내는 나직이 태담을 하는데
그 말이 저녁의 숨에 섞여 내게로 오곤 한다
나의 가장 먼 곳의 시간을
아이의 발음 속에 열어간다, 윤이든
어떤 예감이 흐르는 연안 같은
만삭의 배 위에 아내는 자꾸만 내 손을 잡아 얹는다
살갑게 튕겨내는 태동이 탁본처럼 손금에 닿는다

낚싯대를 드리우고 비스듬히 앉아 있으면
수면에 떠 있는 찌가 우주의 고요 속에서
기대를 내맡긴 그 어떤 인력 같다는 생각

저녁의 선택

저녁을 알아챈 불빛들이 쉰 소리로 종종거린다
짙어가는 안면의 어둠을 손바닥으로 닦아내며
창문에 다가갈수록 주위는 흐려져간다
여며지지 않은 커튼의 앞섶으로
그 저녁의 흰 젖가슴이 드러났다 감춰진다
어떤 것도 관음증으로 둘러싸인 창들의 피로를 열지 못
한다
정적이 불빛에 용해되고 깃들수록
시린 순간들이 쓸쓸히 흘러내린다
주인이 기르던 병(病)이 깊어 떠나는 외딴섬의 가방처럼

무심히 쥐어본 손잡이들이 표류해오는 것이다
은유적인 구름 속에 도시의 실제가 은폐되듯
내가 사용한 물리를 원래대로 돌려놓았을 때
어떤 환멸이 나를 적실지 알 수 없다
습기를 유추할 수 있는 기제에 손상을 입었기 때문이다
읽다 만 책들이 누져 있는 책장 구석
문이 열릴 때마다 더께를 칸칸이 끼우는 원고지 더미처럼
우연은 만장(輓章)의 행렬에 인용되기도 한다

교회 첨탑을 두른 알전구는 기침에 섞여 점. 멸. 점. 멸
잠 못 드는 창으로 흘러들곤 했을 것이다
끝끝내 보이지 않는 달의 뒷면처럼

이 저녁의 반대편에는 수만 번 비가 내리고
꽃들이 뿌리 없이 지천이다, 낮아지는 조도 아래
이주(移住)라는 도식을 빗겨가지 못한다
선인장에서 물 흐르는 소리가 들린다
선택은 질기게 살아남는다

신파

때로는 삼류 쪽으로 에돌아야 인생이 신파스러워
신신파스처럼 욱신욱신 열이 난다
순정을 척 떼어내자 소나기가 내리고
일제히 귓속의 맨홀로 고백이 휘감겨 들어간다
청춘에서 청춘까지 비릿한 것이 많아서
비밀의 수위에는 밤들이 넘치고 편지들이 떠다닌다
뜨거운 이마에 잠시라도 머물 것 같은 입술,
알싸한 그 접착을 지금도 맹세한다
내내 뜨거울 것, 그리고 내내 얼얼할 것
신파란 눈물이 나는 게 아니라 눈물을 쏟는 것이므로
누군가 나의 눈으로 너를 본다 오래도록,
우리의 날들이 철 지난 전단지처럼 붙어 있다
아직도, 열이 난다

환승

진열된 신문에 시선이 들러붙어 있다
겹겹 포개놓은 잡지마저 휘늘어지면
적막은 한 평 속 노인에 고였다가
코끝 돋보기에 내려와
불길한 신문기사로 뚝뚝 떨어진다
흐리마리한 색이 섞이며 새로운 초점이 생긴다
상행과 하행이 교차할 때마다 가판대는
먼지로 휘감기고 그 원심력으로
사람들은 지상으로 밀려가거나 내려온다
누군가 떨어뜨린 동전이
구두 앞에 멈출 때 가판대 안 TV는
지상의 기압골을 그린다
자판기에서 부장품 같은 어둠이 배출구로 쿵 떨어진다
전동차는 장판의 열선처럼 순환하다가
종착역에서 내리지 않는 이들을
저편으로 실어갈 것이다
노인은 평소보다 일찍 문을 닫는다
아무도 모르는 노선이 생겼다가 사라질 것 같은
터널 속으로 신문지 한 장 빨려들어간다
신문에서는 날마다 사람이 사라진다

가라앉는 꽃

탁한 그늘에 누운 그림자는
뭍의 바람에도 지느러미가 돋는다

차가운 음파뿐인 벌판,
마지막 숨을 내주고 유영을 해야 하는
그 저녁은 당신을 타전하는 비의이다

더이상 스며올 수 없는 핏줄이 꽃처럼 흔들리며
아득한 곳으로 간다

문득 잎맥의 받침에 돋는 소름
그 깃든 면이 봉오리에 색을 틔운다

수색의 날들이 망연히 지나가는 밤
우리는 잿빛 구름 속으로 사라지고 있었고
인화된 태양의 무늬를 사랑했다

끝이 시작되는 곳에서 수액을 인양하는 꽃들
줄기를 흔드는 바람의 조류를 잊지 못하듯
꽃이 내뱉는 호흡을 무엇이라 해야 할까

기별 없이 잠수한 뿌리의 행방이 안타까워
일그러지는 이 순간이,

중력과 부력 사이를
쉼 없이 오가는 이 느낌이
몸의 빈틈을 다 메우고 솟는 눈물 같다는 것

꽃 피는 날
물속으로부터 떠오르고 있는 희미한
흔적이 비로소 빛을 갖는다고, 지금까지

현금 자동지급기

늦은 밤 저리 환한 침묵으로 서 있다
나를 요약하는 한 뼘도 안 되는 조각
천천히 밀어넣는다
비밀번호를 누를 때마다 동태를 살피는
무인카메라가 거울 속 한 점으로 뚫려 있다
거래는 늘 일방적이다
관 속처럼 어두워지는 저편
일순간 검색되는 나날들,
기입된 과거를 훑고 나면
몇 자리 숫자로 명명될 것이다
일생을 기계 속으로 전송시킨다면
바코드로 된 영혼을 얻을지도 모르는 일
밀었다 당겼다 밤낮이 가고
끝내 계좌를 터오는 죽음으로부터
드드득드드득 타전되는 소리,
구겨지거나 반듯하거나 찢어지거나
이곳에서 다운로드 된 사람의 것이다

모니터

본체는 숨을 죽이고 엉킨 전선 속
두 개의 발톱을 콘센트에 꽂은 채 전류를 뽑아낸다
건조한 사무실이 전파의 숲에 묻힌다
미끼 같은 마우스가 움직일 때마다
정전기는 기생식물처럼 먼지를 포획한다
목을 꼿꼿하게 쳐들고
여전히 빛으로 열린 채
서서히 아가리로 변하는 모니터,
검은 독을 퍼뜨리며 내 몸을
머리부터 삼키기 시작한다
모니터 밖 시간이 빠르게 흘러갔으므로
나는 보호색으로 어두워진다
볼펜이 바닥에 떨어지자
세로의 회색 동공이 깜박인다
커서가 서둘러 나를 종료한다

마지막 병동

하늘에서 시들고 있는 태양에 대해
창백한 날씨가 회진을 돈다
눈을 감으면 몸을 살려온 동안에도
불편한 사람들은 심장을 매설하고, 이을 데를 모르고
스미는 피를 태생에 묻혀 아비와 그 아비까지 육(肉)을
물들이며
그들이 물려받은 송곳니를 심려하지 않는다

습성이 나타날 때까지 언제나 길을 결정하는 것은
연(緣)이 아니라 벽이었다, 어딘지 모르는 요일을 따라
버스는 노선을 세우며 나에게로 오고 있다

그늘에 붙은 전단지가 한 사람을 보낼 때까지
나무는 환승을 하던 색으로 길가 정물을 여닫고
초행길처럼 피고지는 날들이 지나친다
그곳에서 떠나온 잎은 처음 가지에서 선택한 갈림길이었다
양미간의 괄호가 고요히 닫히는 표정이 먼 차창을
눈동자에 내건다, 곧 이 밤이 나를 버릴 것이다

가망 없이 돌아볼 때마다 어스름에 눌린 불빛의 탁본이
흑백으로 찍힌, 불안에게 기억의 종점은 유배지이다

폐 속의 별이 후미진 쪽으로 쿨럭인다 저녁이

끝없이 이어진 불면 위를 달리다 멈추면
빈집에서 면도를 하다 만 얼굴이 걸어나오기도 한다

나를 베고 이제 나에게로 번지는
환멸은 언제나 길 안에 있다, 간이침대가 떠 있는 하늘과
흐느적거리는 가로등이 포자를 터트리는 새벽
적외선 속 충혈된 눈처럼 지금

나무는 달린다

나무는 기후를 따라 산을 넘는다

간빙기가 시간의 괴음 안에 있다
씨앗에서 가지와 잎이 퍼져나가면서
계절은 캄캄한 선으로 흘러간다

누떼처럼 대륙을 종단하는 나무들
몇만 년 전부터 가지를 휘날리며
무리지어 달려가는 중이다

뒤쳐진 나무마저 뒤따르고 나면
금 간 바닥 위로 마른 모래가 솟아오른다

아득히 밀려가는 공간 저편 나무는
우두둑 뿌리를 뽑아 올리며
인간의 일생을 지나는 것이다

파형이 수면 위로 잦아지는 새벽
흰 김을 내뿜는 나무와 나무는 지금
강가에 모여 목을 축인다

폐활량으로 짙어지는 안개,
강과 숲이 한 호흡 안이다

물끄러미 서 있는 나무에게 있어
나는 고작 순간에 있을 뿐이다

음악 파일

당신은 칠월의 편린과 폭염을 기록하며
팔월의 숲으로 여행을 떠난다
나이테에 제 일생을 녹음하는 나무들
매해 잎들이 매달려 음표처럼 흔들리곤 하지만
계절이 두고 간 끝은 연주하지 않는다
나는 볕드는 의자에 앉아 가방을 챙기듯
마음을 접은 사람이다, 구름의 갈피 안에서
지도의 일부처럼 발견되는 오후
한 발자국도 뗄 수 없는
기다림이 빙글빙글 LP판을 돌린다 잠시
새들이 날아와 제 부리를 깃 속에 내려놓는다
그늘이 사랑한 음(音)
각기 흔들리는 나선의 근황들,
당신은 다가오거나 지나치고 있다

당신의 밤과 음악*

이어폰을 나눠 끼듯 갈라진 나뭇가지 사이
단풍나무를 돌아보고는 하였다
시들도록 서럽게 물들어가는 잎잎이
환한 창마다 문자메시지처럼 찍혀 있었다
계절을 탕진하고 더이상 매달 것도 없는
그런 밤은 더욱 어두워서 외로웠으나
몇 굽이 넘어가면 잊어간다는 것도
다만 아득해지는 그믐 속이었다
바라볼 때마다 낯설어지는 내면은
때때로 다른 기류로 이어지고
우리는 조금씩 다른 표정의 날이 많았다
손에 쥔 것을 끝내 놓아주는 나무 아래
아무 말 없이 흩어지는 앙상한 길들,
막다른 겨울이 되어서야 무리를 이룬다
그 저녁에 고정된 나무들을 무어라 해야 할까
하늘이 흐리면 마음은 멀리까지 기압골을 그렸다

* KBS 1FM 프로그램.

우연한 일기

그날에는 일기(日氣)가 없다

강의실 책상에 칼집을 낸 꽃들이 군락을 이루며
분필가루 같은 홀씨를 날린다, 사상은
오래될수록 뜯기 좋은 약시(弱視)의 들판

칠판에 내려앉은 나비가 목발을 키워
스무 살까지 절뚝절뚝 꿈을 부린다
나는 너를 읽지 못하고

꽃말 속 엽서들이 내 가방으로 쏟아지는 시간
연애는 가진 무게 그대로 팔뚝에 담배를 비벼 끈다

입술이 혀와 혀를 지나 타인을 깨닫는 동안
소모하듯 곡선을 오래오래 덧칠하며 걸려 있는

원고지의 계통에 관해 환멸이 벌집처럼 숭숭하던 69개
의 위안

나는 오로지 무채색 페이지에 적혀
빛에 겨운 플라타너스 벤치에 앉아 있다
여태 이름이 떠오르지 않는 사람은
간신히 내 이름을 잊어가는 사람이다

달력을 넘기면 언제나 가을은 빈 병처럼 투명테이프를 붙인다

데자뷰

나에게 스미면서 쇄도하는 새벽
빛은 운명을 가볍게 액세스하며 전원 속
비밀의 순간들을 인증한다
진실은 소멸의 속도로 이동해야 한다

모니터의 검은 점을 통과해 쏟아지는 이메일의 활자들,
점멸하는 입자의 배열이 공중으로 흩날린다 문을 열면 아
주 먼 곳일지라도 다른 쪽 문이 열린다 우리의 시간은 종종
다른 곳에 있다

마음은 생각이 광속도로 지나가는 경치이다

나를 데리고 가요 그리고 벌판에 세워두는 거죠 돌 더미
위 색색의 깃발처럼 흩날리는 아침을 기다리는 거예요 깊은
숨을 쉬며 당신과 나는 초당 스물네 번의 깜박임으로 알아
볼까요 나의 낮은 당신의 밤이 되어 촤르르 지나고 있어요

무거운 잠수종을 뒤집어쓴 수심은 깊다 지상에서 내려온
고무호스로 피가 흐르는 소리, 푸른 기포가 열렸다 닫히면
수면으로 떠오르는 물방울이 씨앗처럼 발아한다 눈동자 실
핏줄이 압력에 붉어지며 뿌리로 옮아가는 동안 세계는 점
점 사라지는 것일까

눈물이 밀려드는 예감에는 방향이 있다
마지막 지점을 관통하는 실루엣
주위는 나를 읽어들인다 직진하는 빛처럼
기억이 막을 뚫고 소리를 끌어모은다
휘감기는 허공에서 차츰차츰 이뤄지는 형체,
나는 이제 그곳에 있다

국도로 떠나는 며칠

한낮 나무 밑 어둑하게 길을 가리며

노란 중앙선이 이글거리듯 휘고 있다

우회해서 생장을 멈춘 터널이 갈피를 접는다

일기예보에 없는 비구름이 소포처럼 놓인 후

줄이 그어진 빗줄기 위에서 번져가는 글자들,

점으로 달라붙은 하루살이는 잉크 냄새가 난다

누구나 여행의 동기에 한 번쯤 귀향을 지운다

역치(閾値)

한낮 태양을 직접 바라보면
어둠이 빛보다 밝다
실핏줄처럼 번져가는 둥근 빛 속으로
조밀하게 들어앉은 어둠이 있다
현실은 그 어둠으로 기워진 탄탄한 격자 공간,
나를 에워싸고 있는 물리력은 생에 이끌리며
오직 시간에게만 소용된다 과거는
현실이 그물질해간 캄캄한 저편의 흔적이다
내가 놓친 나는 세계를 떠돌다 어느 날 찾아온다
먹먹한 눈의 잔상에는 밝아도 보이지 않는
또다른 내가 있다
둥글고 검은 테두리 너머
오래전부터 나를 지켜보고 있다

떠도는 차창

조금씩 말라가는 것은 금 간 화분 같은 상점,
휘감던 뿌리들이 틈틈마다 창문을 틔운다
누구나 타인을 데려간 시간 속에서
그리운 이름이 자신을 데리고 나올 때가 있다

창문은 산화된 필름처럼 하나의 색으로
한 장면만 비춰온다, 빛에 갇힌 거리를 바라보지만
가깝거나 먼 네온에 잠시 물들 뿐
기억에게 이 도시는 부재의 현기증이다

몇몇이 버튼을 누르듯 과거에서 내리고
종점까지 밀려가는 버스를 탄 사람은
머지않아 추억이 된다고 생각하는 밤
당신은 눌러줄 때에만 붉은빛이 스미는
심장이거나 기다림, 벽이었다고 어느 손이
나를 불러들인다 몇 년 전 바람에도
잠시 잠깐 먼 거리에 붉은빛이 돈다

모든 길은 무심하고 쓸쓸한데
어느 따뜻한 멀미가 길을 멈추게 할까

아직 지나치지 못한 정류장을 향해
불 꺼진 창문처럼 과묵한 나무들이

구부정하게 줄 서 있는,

시간의 환부

겨울은 성실하게 습관을 이해했다
사람들은 그해 첫눈을 기념하고
각기 다른 해에 그날의 확신을 버렸다
누구도 황폐한 겨울을 간섭해서는 안 되었다
녹지 않은 눈은 오래된 흉터 같았다

어딘가 비문(非文)으로 남겨진 당신,
나는 악(惡)하게 서술되어 결속되지 못한다
의식하면 할수록 나로부터 강파르고 태연하다
나는 서서히 그림자로 부패해갈 것이고
자글자글한 어둠 속에서 표정을 바꿀 것이다

불현듯 또다른 내가 생각을 입을 때마다
내 뜻으로 버려지는 나는, 검은 가면을 쓰고
불경한 무대 위에서 독백을 시작한다
나를 버리는 데 걸리는 시간이 극적으로
추억을 무모하게 만드는지 모른다

나에게는 아직 눈물과 더러운 이해가 필요하다
흉한 먹구름 속에서 번쩍거리는 집착이
칠흑의 향기를 내뿜으며 흩어져 내린다 나는
아무 정처 없는 단서이면서
탁한 환멸의 무게, 그 속성이며 취미

날씨는 채택에 가깝고 시간은 계속 불황이다

막차

밤이 길을 보낸다
속도와 속도의 빛줄기는
텅 빈 시간 속에서 쉴 새 없이
먼지로 흩어진다
길의 끝에는 내가 기억하려 한
저녁이 있을 것이다
뒤돌아보면 생은 위태로우나
그저 쓸쓸한 점멸로
길 위를 추억할 뿐이다
나는 멀리서 이 밤을,
이제 막 당신을,
통과하는 것이다

어느 교신

비 온 뒤 구름 위로 굽어보는 서편
무시무시한 속도를 견디는 공기의 마찰이 있다
정지된 것은 멀리서 폭주해오는 소실점일 뿐
햇빛은 무성한 그늘의 잎들을 추월해간다

바람은 전송이 더디고
구름의 배기량은 기압골을 웃돈다
그러나 꽃들의 질주는 길 밖에서
길 안으로 어룽지는 줄기의 피곤,

감아오르는 덩굴이 바퀴에 엉기고
백미러가 하늘을 되비출 때
대기권 밖 낡은 인공위성이
트랙 안 지구에 이끌려 타들어간다

지금 누군가 눈이 부시다

3부

여행, 편지 그리고 카메라

나는 당신이 알지 못하는 지도 어디쯤에서
한쪽 눈을 감고 이곳 장면을 저장해간다

배터리가 다 된 핸드폰을 끄면 아늑한 무덤이다

어느 민박집에 두고 온 칫솔이 잊혀지지 않는다
칫솔모가 눌린 채 닦아내고 있을 한때의 적요

과속 방지턱이 다가올 때마다 글자는 삐걱거리지만
물결 소인(消印)처럼 수첩은 어디론가 페이지를 열어둔다

오래된 소읍에서는 바람이 묵어간 뒤뜰에도 수취인이 있다

떠나지 못한 날들 속에서 문장은 위독해지고
카메라는 나의 한쪽 눈을 목록으로 만들 것이다

차창 커튼을 스치는 소리는 여행의 첫 줄
누군가 뒤척인다

다가오는 나무들은 저를 흔드는 바람에
빛을 털어내다 뒤편으로 사라져간다 요약하면
어떤 간이역에서는 그늘과 슬픔을 구별하지 못한다는 것

내 눈으로 바라본 희붐한 새벽을 편지라 명명할 때
그 주소는 아무도 가보지 않은 시간의 오지이다

거리의 시냅스

내 몸 낱낱이 교환이다

느티나무 잎들이 공기로 기화한다
회백색 섬광은 가지를 물들이며
계절의 목질을 채우고 또 채워 단단한 테를 그린다

화성을 탐사하던 전파의 일부가
우주가 남긴 운석의 기척으로 극점에서
착란처럼 떠돌고 있다는 걸 안다

사라진 섬이 신화를 기록하듯
거스를 수 없이 잎맥으로 융기하는 지금은
매순간 세포가 태어나고
껍질이 비늘처럼 떨어지는
기원을 알 수 없는 저녁

기지국처럼 붙들려 있는 느티나무가
어둑한 하늘을 향해 우수수 바람을 쏘아댄다
채널은 내부에도 열려 있어
나뭇잎 같은 유전자가 지도를 휩쓸고 간다
아무도 나를 의심하지 않는다

이제 모두 지구로 보내졌으므로

나를 이루던 중심이 바깥으로 조직된다
나는 매일 나를 바꾸고
광활한 네트워크로 거리를 연결한다

텔레포테이션*

얼마나 많은 문을 지나쳐왔을까
문은 사각의 틀로 암호화된 나를 읽는다
그리고 비릿한 숨결로 몸을 불어낸다

문을 넘으면 과거의 내가 사라지고
불확실한 내가 만들어진다
한 겹 한 겹씩 시간을 두르고
둥둥 어디로든 흘러다닌다 한때,
오래도록 문턱에 있던 적도 있다

바람은 천천히 불어오고 있으나
위태롭게 커가는 희망 끝에는
터질 듯한 공포가 번들거린다
때가 되면 문과 문을 통과하며
나를 이동시켜야 한다

의식은 끈끈한 점성으로 버틴다
수많은 문을 지나며 내가 나를 믿지 않을 때
눈물 같은 막 안으로 뜨거운 것이 스민다
봉분은 관을 품고 밤하늘을 떠다닌다

나는 원본이 해체되고 문으로 복사된
한낱 비눗방울이다 웅크려 늙어버린 내가

문의 망막으로 스캔되는 그 짧은 동안
시간의 테를 두른 새로운 내가 나타난다

* 원자를 순간적으로 다른 장소로 이동시키는 원격이동.

화가

말이 사라진 날부터 표정에 물감을 들인다
조용히 지나온 길이 비치는 날에는
내막을 알지 못하는 배경만 환해진다
너무 선명한 느낌이 진득해서 생각이 곳곳에 개어 있다
저녁은 방금 켜진 가로등의 입자를 만져본다

편지는 밤마다 한 손이 다른 한 손을 포교하는 것이어서
글자에 스며 나온 수만 번 심장의 깜박임이 색으로 수신
된다
기다림의 명도는 예감보다 강렬하다
첫 문장을 따라 섞이는 활자들의 질감처럼

운명의 바깥에서 습기와 바람을 넣어주면 그 운명은 표
구된다
문득 자기 시선을 깨닫는 어느 날의 지점,
그때는 눈을 열고 다가가 붓으로 그려낼 수 있다
빨려오듯 빛을 기워넣는 터치를

경계의 근처까지 온 색은 그렇다
아주 어둡고 말이 없는 제 안의 추상

숨

가만히 부푸는 색(色) 그러다 멈춘 그 안의 습성
안과 밖은 공기가 머무는 입술이다
닫혀 있다가 열린 입으로 끝나는 밤하늘에서
집착은 멈추지 않고 박동한다
서서히 달이 삼키는 새벽은 어둡지만
그 시절의 별은 끝내 잊혀지지 않는다
시간으로 채워진 심해의 산소통을 호흡이라 했을 때
그 공기방울들은 내 몸을 떠난 여럿의 선택이었다
아직도 떠오르고 있는 기억 속으로 금이 가는 말들
그것은 내가 함부로 꺼낼 수 없었던 고백의 두께,
숨을 쉴 수 없이 답답해 세면대 물에 머리를 담근 적이
있다
그때마다 속눈썹에 점점이 눈물이 깃든다
그리고 어느 일기에 잠시 번질 뿐
어두워지는 청춘을 복기하는 길목과
귀에 닿은 숨의 체온을 느끼는 날들에게
이번 생의 주제는 들숨이다
어떤 입술처럼 붉은 곳에 투명한 떨림이 깃들면
숨이 차면서 비게 된다

타인

야경은 십자 모양의 홈을 내고 추위를 조인다
한쪽으로만 들이치던 눈발은 그칠 줄 모르고
카메라 액정 같은 창문에는 불면이 저장된다

귓불처럼 붉은 연애를 생각했다면
그 밤길은 단단한 다짐들로 번들거려야 한다
기어이 가지 하나 더 내기 위해 언 땅속
플러그를 꽂는 나무는 초록빛 그을음이 가득한데
나는 고작 타다 만 연민을 들쑤셔 어두워질 뿐이다

시베리아의 숲이 일제히 바람에 쓸려와
자작나무처럼 하얗고 빽빽한 새벽,
조여질 대로 조여진 한기는
유리창에서 헛돌며 성에를 새긴다

아름다운 건 차라리 고통스럽다
이 견딜 수 없는 순간은 이만 킬로미터나 떨어진
단풍나무를 물들이는 고요의 시간이다

유화처럼 덧바른 기억이 말라
부스러지고 그 색들이 먼지가 되어버린 지금,
사랑은 타인이라는 대륙을 건너는 혹독한 여정이다
만년설 속에서 발견되지 못한 당신의 유적이다

발목이 빠지고 허리까지 차오르는 이 고립은
누구도 들어서지 않은 외로움의 지대
가까이 왔다가 그대로 사라져가는 헬기를
멍하니 돌아보는 조난자처럼 나는 적막을 껴입고
이 폭설을 뜬눈으로 지나야 한다

은하

그녀 얼굴마저 떠오르지 않는 밤
이름이 몸의 외피에 잠시 깃들다 간다는 걸
자백하듯 서로가 알게 되지만,
다만 어느 시간에서
어느 장소에서
분포된 확률과 마주한다 문득
수천억 개 빗방울과 같은 부호들,
파문은 필연을 비추는 별점(占)이다

귓속 진동을 가로질러 이동한 당신의 범람
희미하게 번지는 암흑이 은하에 이르러 보인다
처음 걷던 길 우리는 우산 촉을 벽에 대고
촉촉한 약시의 거리를 녹음했다

그곳에 핀 문장에 나무가 자라면
은하는 아직 발음되지 않는 과거로 뿌리내린다

혀의 골짜기에서 죽어가는 새가
내 몸 안을 움켜와 행간에도 천체가 떠간다
별들이 모여 사는 운세처럼
잊는다는 건 우연에게 순전하기 때문이다

궤도를 따라 이 밤,

그녀 얼굴은 떠오르지 않고
생각이 태어나고 죽는 그 느낌
은하

일기예보

떠나지 않고도 이미 도착해버린 여정. 순간순간 궤도를 수정하며, 나는 길고 긴 순간에 와 있다.

정류장에는 계류된 구름이 있고, 사람들은 핸드폰을 귀처럼 만지작거릴 뿐. 버스는 오지 않는다.

십 년 전 노래를 들으면 추억이 녹음되어 있다는 걸 알게 된다. 리듬 속에 무수한 사막이 펼쳐져 있고, 그 너머 잃어버린 시간이 있다. 그런데 왜 그림자가 없는 거지? 이글거리는 공허. 예를 들어 대전 혹은 서울.

애인들은 내 안에서 서로 사랑하였다.

화끈거리는 화인(火印), 덧없는 날들의 압정 같던, 사랑. 팔꿈치의 상처나 왼 주먹 몇 바늘 꿰맨 슬픔. 실존은 나를 단서로 미래를 찾는다지. 이 혹성에서 전전해온 꿈들.

사랑은 가장 아름다운 곳에서 추악한 곳으로 흐르는 유속을 지녔다. 버스는 텅 빈 차창을 흔들어 청춘을 우회한다. 한강에 흐르는 저 물살은 다섯 시간 전 팔당댐에서 방류한 햇살을 품고 있을까.

나는 네게로 모두 훈습되어 사라졌으리라. 적막하게 피어

나면서 움직이면서, 또 따뜻하면서 분노가 서리면서.

쉴 새 없이 섞이는 마음.

핸드폰 속 회로의 칩이 연동될 때, 나는 일기예보를 생각한다. 닫힌 이 지구에서 가능성으로 존재하는 징후.

미안해. 아무도 없는 사막을 걷는 건 아직 신호가 떠돌기 때문이야. 바람은 신경 같은 검은 실핏줄을 세운다. 버스는 떠났고 비릿한 냄새가 난다.

그리고 언젠가 돌아올 것이다. 어느 날 문득 수신되는 외계 신호처럼, 예측할 수 없는 대기로.

기차 여행

길이 사라져가는 풍경에 추억을 주입한다
점점 푸르러지며 머릿결처럼 부드러운 벌판,
당신은 열차 차창에서 겹겹 구름을 접는다

어느 간이역에 두고온 생각
침목에 검은건반이 훑는 속도와 함께
인연이 지나갈 것이다, 편지를 봉하면
터널이 이어져 행간의 진동이
늑골 속으로 들어와 읽힌다

그 흑백의 소인은 끝내 돌아오지 않는다
대합실에서 오래 기다려본 사람
사랑은 역에서 혼자 들을 것 같은
철로의 아득한 떨림이다

누군가 철길을 놓아준다

겨울 엽서

눈을 밟고 돌아서서 떠난 사람의 자리
허공에서 덜어낸 무게를 천천히 만지고 있습니다
가만히 어루만지듯 조금 더 녹는 눈

나무들이 두 손 들고 하늘을 향하면
그런 저녁 깃든 별들은 누군가 생각 속에서 알전구를 매
답니다

크리스마스트리가 있는 카페 안을 구부정한 가로등이
무심히 들여다보는 밤
종소리가 조그맣고 빨갛게 이어지는 밤
타닥타닥 달아오른 장작난로처럼
추억 어디엔가 발그레한 볼이 손끝에 닿습니다

눈 위의 발자국이 모두 돌아간 새벽에도
눈 위에 남는 사람이 있습니다

흰 눈이 더 내리면 별의 체온으로
새벽까지 걸어가야겠습니다

그리운

군사우체국

사서함에 꽂힌 편지들은 비좁다
우체국 마당의 벚나무 꽃잎
보도블록마다 틈틈이 담홍색 우표를 붙인다

암구호를 달빛에 건네며 한 줄 한 줄
아득한 소인(消印)이 찍힌 봄밤

그리워 반복하는 소절이라는 것이
숲을 한차례 훑고 지나는 바람처럼
계절을 지나며 주어(主語)를 이어간다

손끝 떨림이 전해진 종이 위
잉크의 농담(濃淡)을 이해하느라
밤은 엎드린 자세로 구름을 괸다

향기,

생각이 스칠 때마다 사서함 빈칸은
비포장도로처럼 잠시 덜컹이고
흰 이팝나무 꽃새벽이 쏟아진다

사랑은 나를 돌아보는 절반의 눈(目)
가끔 내 한쪽 눈을 감으면

먼 안부가 노리쇠를 당기며 초점을 맞춘다
나는 심호흡의 고요 속에서
우표처럼, 멈춰 있다

새벽

감각도 스스로 편애하는 것 있어
이별의 장소도 바꾸고
아슴아슴 상처의 처소도 바꿉니다
감정이라는 것도 기실 분자(分子)의 작용이라고
믿으면 믿을수록 밑줄 그었던 말들이
지금에 와 화르르 되살아나고 있습니다
생각은 천천히 격정으로 들어왔다 통과하면서
제 무게를 덜고 갑니다
새벽 네 시와 다섯 시 사이를 우두커니
아파트 베란다 너머 풍경에 세워두었습니다
빗소리를 들으면 한 켜이
촘촘하게 가로막힌 틈으로 허물어집니다
빗방울에 엮여져 있던 시간이
이제 이곳에 흘러들어 머물게 됩니다
여기에 쉼표를 붙이고 싶습니다

숲을 걷는다

밤은 무수한 기로로 흩어져
숨을 내쉴 때마다 추억이 서린다
숲을 이룬 시간이 폐부에 있기를,
마음에 나무와 나무가 자라고 빽빽한 숲을 이루기까지
수많은 이름을 그곳에 묻어왔다 어느 날
이파리가 일제히 눈을 부시게 한다면
당신은 그날의 선택에 오래도록 서 있는 것이다
내면에 둘러싸인 안개는
뚜렷하지 못해 가엾은 것들의 잠언이다
앙상한 저녁을 깊이 들이마신다
기침처럼 만져지는 어둠이 쓸쓸히 잠기고
잊지 않기 위하여 좀더 뿌리를 뻗는 기억들,
바닥의 낙엽들이 축축하게 달라붙는다
아무도 가보지 못한 숲이 세상에 있고
알면서도 한 번도 가보지 않은 마음이 있다
우리는 위태로운 길을 보내 서로의 방향이 될 뿐
아무것도, 혹은 밝혀진 것이 없는 숲을 간직한 채
일생 안에서 어두워지는 것이다

쓰다 만 편지

주전자가 고요를 밀어올리며
달그락거린다 넘칠 듯 넘치지 않는
생각들, 물 끓는 소리
방안을 적신다

아무도 찾아오지 않는 저녁
문득, 눈이라도 내렸으면
하얀 오선지 위 빽빽이 채워진 악보처럼
수놓은 음들

노란 가로등 아래 누군가 있다면
내가 켠 성냥
바람 막아줄 따뜻한 손이 있다면

주전자 뚜껑을 비스듬히 열어놓고
커튼을 내리고
쓰다 만 편지를 적는다
잔기침이 난다, 차 한 잔
향기가 행간을 밀고 가는 밤

한쪽으로 몸을 기댄 나무들
그 품에서 일제히 멀어져가는 잎새들,
닫혀 있는 유리창 경계를

자꾸만 넘나드는 바람 소리

빗소리

아직도 비가 내리고 있다는 건 그때 내가
오늘 내리는 이 빗소리를 듣고 있기 때문,
우산 없이 걸었던 수많은 장면이
환등기 안처럼 환해지고
그 빗소리에 음(音)이 흐른다

그곳이 있어서 생은 비릿하다
습관에 빗소리를 오버랩시킨다는 것은
빗속 너머 시공간을 만드는 것이고
거기로 나를 지나게 하는 것이다 빗소리는
빗방울의 부서짐이라기보다는
흩어지면서 이루는 하나의 공명이다
무언가 채워져 있는 동시에
그것으로부터 자유로울 수 있는 통로

그 안에는 반복되는 리듬이 들어 있다
빗소리가 음유에까지 읽히면, 비는
기온과 풍경에 따라 톤을 달리하면서
제자리를 찾아 시간을 열어간다
떠올리는 사물, 그때의 습기까지 조용히 복원해낸다
생각이 생각 위에 떨어져
마음에 왕관 같은 문양이 이는 것이다

구름의 전원을 사용하여 누군가의 순간을 재생한다
거기에는 조용히 머리를 기대고 있는
창문과, 문득 잠에서 깬 의식이 수록되어 있다

GRB 101225A*

불행이 채록을 멈출 때 우울은 음반처럼 기억을 산책한다

달팽이관은 붉은 실핏줄과 푸른 혈관을 연결하고
언제나 잡음을 이어폰으로 끼고 다녀서
그곳에 음악이 유목하는지 아는 사람은 없다
눈을 감으면 천변에서 익사한 별들이 떠오른다
그리고 툭툭 불티가 튀어오르듯 생각이 흩어지며
마지막으로 문간에 걸터앉은 자취방을 비추곤 한다
새벽안개의 서랍에서도 미처 꺼내지 못한 불빛이
옹이로 박혔다가 헤드라이트로 빠져버리는
나선을 나는 듣고 있다, 소음을 헤쳐내다보면
신경줄 끝에 꽂힌 단자를 감촉할 수 있을까
음반은 밤낮없이 궤도를 돈다

다 잊었다고 각오했던 그날의 학명(學名)을
지금 이곳에 와 붙인다 밤사이 눅눅한 음질이
가로등에서 충혈되어가고, 한번 뭉쳐진 혈류는
좀처럼 가라앉지 않아 몽정처럼 아득하다

고요는 음악 한 곡에 바람을 앉힌다
두 손 모아 턱 괸 공원을 배회하는 건
자판 같은 보도블록뿐이다
귀에서 흘러내린 선들이 심장에 이르러 뿌리를 뻗는다

백색왜성이 빛을 뿜으며 식어간다

* 2010년 12월 25일 미국 텍사스 맥도널드 천문대에서 감지된. 43억 광년 떨어진 곳에서 발생한 전 우주의 빛이 모두 모인 것만큼 밝은 '감마선(GRB) 폭발'을 명명. 별의 죽음에 대한 기존 천문학 이론을 뒤집는 획기적인 발견.

감정의 황혼

사랑이 지났다
음독한 계절은 어쩔 수 없었다
길은 같은 곳을 뚫어져라 바라본 채
너를 내게로 지목하기도 했다
밤은 신념이 약한 저편이었다

두 개의 시간이 편지에 표류했다
무시무시한 행간에서 사막이 자취를 감추었다
이상한 꽃들이 악천후를 지났으므로
폐에 들러붙은 구름은 뿌리의 위로였다

그리하여 벽을 쏟지 않으면 안 되었다
고백이 씹던 문장의 캐러멜 가운데
감정적이지 않은 오목한 무늬 곁에서
후회는 보잘것없는 당분이었다
세월은 무너진 기관이었다

거리에는 아무도 음악에 자해하는 법이 없었다
버스는 가로수에 색소를 주입하며 거칠게 흘러갔지만
잎들이 터뜨리는 플래시는 열망의 균열로
사라져버리는 것이었다
고요가 즙을 흘리며 캐비닛에서 쏟아졌다
불안이 더할 수 없이 아름다웠다

비망록

시간을 겹겹 접으니 견고하게 뚫립니다
생생한 과거를 이제 펼칠 수 있습니다
나의 과거에 이르는 속성은
당신에 의한 것이니 내 청춘은 고백에 가깝습니다
이 불안하고 어리숙한 나를 되돌아보게 하는 것은
무모한 기대일지 모릅니다
그래서 많은 것이 사라졌다고 이해하겠습니다
한때의 결의도 사랑도
헌책에서 뜯겨져나간 속지 같을 때가 있습니다
그럴 때마다 이곳의 공기에게 예감은 선물입니다
시간과 공간이 사라진 기억이란
운명을 은유하면서 일생을 떠돌게 마련이니까요
태연한 그 여백을 오늘이라고 적겠습니다

오늘의 커피

갓 내린 어둠이 진해지는 경우란
추억의 온도에서뿐이다

커피향처럼 저녁놀이 번지는 건
모든 길을 이끌고 온 오후가
한때 내가 음미한 예감이었기 때문이다

식은 그늘 속으로 어느덧 생각이 쌓이고
다 지난 일이다 싶은 별이
자꾸만 쓴맛처럼 밤하늘을 맴돈다

더이상 돌아갈 수 없다 해도 우리는
각자의 깊이에서
한 그루의 플라타너스가 되어
그 길에 번져 있을 것이다

공중에서 말라가는 낙엽 곁으로
가지를 흔들며 바람이 분다
솨르르솨르르 흩어져내리는 잎들
가을은 커피잔 둘레로 퍼지는 거품처럼
도로턱에 낙엽을 밀어보낸다

차 한 대 지나칠 때마다

매번 인연이 그러하였으니
한 잔 하늘이 깊고 쓸쓸하다

정류장

이 눈부신 햇빛의 제목
잎잎은 승차권 같은 바코드를 잎맥에 입혀 환승중이다

실눈이 좁게 우회하는 길 밖으로 꽃들을 부빈다
서로에게 흔들리면서 목걸이처럼 찰랑이는 오후
정류장은 종일 누군가를 기다린다

오래전 빗방울 습기 한 점이 나였던 적이 있다
나는 그곳을 다녀간 내 수많은 성향이다
햇빛은 습기를 공중에 적는다 기억할수록
점점 타인이 많아진다

버스에 올라 정류장 푯말을 바라볼 때
텅 빈 시간의 기압에서 느껴지는 비의 냄새,
어느 길에서는 먹빛 구름이 차창이다

사랑에 대해 점괘를 확신하고 있으면
정류장에서 그날은 비가 내린다

기류(寄留)

밤하늘 속 탐사선이 가없이 떠가는 상상
베개에 눌린 안구 안쪽에서 폭풍이 일고
깊이 묻혀 있던 유적이 드러난다
보이저 2호에서 판독불능의 신호가 보내지면
어느 꿈이 황금음반을 틀어주고 있다는 생각
탐사선이 태양계 끝에 가 있는 것은
방안에 떠 있는 어떤 입자 속 제국에
내가 기류하고 있다는 것, 비 오는 밤
막막한 공간에 음악이 퍼지면
몇백억 킬로미터 밖 동체가 느껴진다
나는, 이 우주에서 가장 멀리 떨어져 있는
내게서 보내온 시간을 견디는 것이다

중력과 부력 사이를 떠도는 우울한 파장

엄경희(문학평론가)

1. 불연속적 미궁이 이루어내는 내면 풍경

'나'의 내면을 포함해서 세계(타자)를 설명하는 가장 친숙한 방식은 실제 경험을 토대로 한 이야기의 구성이라 할 수 있다. 자신이 경험한 바가 토대가 되었을 때 그 이야기에는 몸과 감각의 생생함이 내포된다. 한편 실제 경험하지 않은 환상을 통해 우회적으로 세계를 설명할 경우에도 비현실적이지만 감각 체험을 가능케 하는 구체적 상(imagery)의 구축은 필연적이다. 이와 같은 설명 방식과 달리 개념적 설명은 언어를 추상적 체계 안으로 귀속시킨다. 윤성택 시인의 시세계는 이 모두를 포함하면서 한편으로는 이 모두를 비껴간다. 시에 동반된 이미지와 비유와 상징 들이 강한 애매성을 동반하면서 불연속적인 맥락을 이루기 때문이다. 보다 구체적으로 말하면, 한 편의 시에 파편화된 전언들이 산종되어 있으며 그것들은 때로 유기적 맥락을 우회한 채 부유한다. 이때 제목이 시의 내용을 하나의 통일체로 묶어주기도 한다. 「푸른 음악」「여행」「현금 자동지급기」「신파」「몸」 등 비교적 맥락의 명료성을 지향하는 작품이 있긴 하지만 대부분은 통일된 맥락을 지연시키거나 불연속적 특질을 강화하는 현상을 드러낸다.

예를 들어 그의 시에 가장 빈번하게 반복되는 시어는 '기억'(혹은 추억, 과거)이라 할 수 있다. 기억에 관한 서술을 모아보면, "아직도 떠오르고 있는 기억 속으로 금이 가는 말들/

그것은 내가 함부로 꺼낼 수 없었던 고백의 두께."(「숨」), "기억은 드라이플라워로 서걱거려/ 누구도 미라인 자신을 알아볼 수 없다"(「바람미술관」), "불행이 채록을 멈출 때 우울은 음반처럼 기억을 산책한다"(「GRB 101225A」), "바닷속 석조 기둥에 달라붙은 해초처럼/ 기억은 아득하게 가라앉아 흔들린다"(「아틀란티스」), "기침처럼 만져지는 어둠이 쓸쓸히 잠기고/ 잊지 않기 위하여 좀더 뿌리를 뻗는 기억들."(「숲을 걷는다」), "시간과 공간이 사라진 기억이란/ 운명을 은유하면서 일생을 떠돌게 마련이니까요"(「비망록」), "기억에게 이 도시는 부재의 현기증이다"(「떠도는 차창」), "기억의 뒷면에는 언제나 터널이 있다"(「해후」), "불안에게 기억의 종점은 유배지이다"(「마지막 병동」), "주위는 나를 읽어들인다 직진하는 빛처럼/ 기억이 막을 뚫고 소리를 끌어모은다"(「데자뷔」) 등이 그것이다. 인용구에서 짐작할 수 있듯이 시인의 기억은 무겁고 우울하며 어둡다. 아울러 '기억'이라는 시어 사용의 빈도수를 볼 때 그에게 과거 기억은 현존에 관여하는 중요한 사건으로 의미화할 수 있다. 다른 시 「일기」에서 "몇 줄 일기를 쓰고 오늘을 뜯는다/ 뒷장의 어제가 내일까지 이어진다"고 쓰고 있다. 과거의 시간이 미래를 지배하고 있는 것이다. 그러나 그의 시를 읽는 독자는 그 기억의 실체를 어렴풋하게 감지할 수밖에 없다. 기억을 구성하는 실제 내용을 시인이 뚜렷이 문면화하지 않기 때문이다. 어떠한 기억들이 그를 우울과 외로움으로 내몰고 있는 것일까? 그는 왜 자신의 기억의 실체를 드러내지 않은 채 기억에 매달리는 자아를 수없이 드러내는가? 분명한 것은 기억으로부터 촉발되는 고통의 지시체를 감춤으로써 시의 맥락이 자주 미궁으로 미끄러진다는 것이다. 그의 시에서 기억과 더불어 간혹 사랑이 언급되는 경우도 있다. 그럼에도 이 또한 불확정적 상황으로 미끄러진다.

> 유화처럼 덧바른 기억이 말라
> 부스러지고 그 색들이 먼지가 되어버린 지금,
> 사랑은 타인이라는 대륙을 건너는 혹독한 여정이다
> 만년설 속에서 발견되지 못한 당신의 유적이다
> ─「타인」부분

시인은 유화처럼 덧바른 기억과 연동된 사랑을 얘기하고 있지만 그 사랑이 혹독하다는 것과 미지의 유적으로 남아 있다는 것 이상의 전언은 생략하고 있다. 그는 "한때의 결의도 사랑도/ 헌책에서 뜯겨져나간 속지 같을 때가 있습니다"(「비망록」), "우리는 조금씩 다른 표정의 날이 많았다"(당신의 밤과 음악」), "그녀 얼굴마저 떠오르지 않는 밤/ 이름이 몸의 외피에 잠시 깃들다 간다는 걸/ 자백하듯 서로가 알게 되지만,"(「은하」), "사랑은 가장 아름다운 곳에서 추악한 곳으로 흐르는 유속을 지녔다"(「일기예보」)와 같은 구절을 통해 지난 사랑의 아픔과 환멸을 토로

하기도 하지만 사랑의 대상인 '그녀' 혹은 '당신'의 실체를
서사적 사건의 집중성을 통해서 전면화하는 경우는 드물
다. 아울러 그 대상의 구체적 성격이나 그에 대응하는 자신
의 태도 또한 거의 드러내지 않는다. 이러한 것들보다 자
신의 내면 풍경을 통해 일종의 분위기로서의 시를 만들어
가는 데 초점을 두는 듯하다. 다시 기억에 관한 한 편의 시
를 읽어보자.

바닷속 석조기둥에 달라붙은 해초처럼
기억은 아득하게 가라앉아 흔들린다
미끄러운 물속의 꿈을 꾸는 동안 나는 두려움을 데리고
순순히 나를 통과한다 그리고 아무도 없는 곳에 이르러
막막한 주위를 둘러본다 그곳에는 거대한 유적이 있다
폐허가 남긴 앙상한 미련을 더듬으면
쉽게 부서지는 형상들
점점이 사방에 흩어진다 허우적거리며
아까시나무 가지가 필사적으로 자라 오른다
일생을 허공의 깊이에 두고 연신 손을 뻗는다
짙푸른 기억 아래의 기억을 숨겨와
두근거리는 새벽, 뒤척인다 자꾸 누가 나를 부른다
땅에서 가장 멀리 길어올린 꽃을 달고서
뿌리는 숨이 차는지 후욱 향기를 내뱉는다
바람이 데시벨을 높이고 덤불로 끌려다닌 길도 멈춘

땅속 어딘가, 뼈마디가 쑥쑥 올라왔다
차갑게 수장된 심해의 밤
나는 별자리처럼 관절을 꺾고 웅크린다
먼 데서 사라진 빛들이 떠오르고 있었다
　　　　　　　　　　　　　—「아틀란티스」 전문

　이 시는 심해의 상상으로부터 출발한다. 바닷속 석조기둥
에 기억이 해초처럼 흔들리고 있다. 화자는 그곳을 미끄럽
게 유영한다. 거기 유적이 있고 미련이 있다. 이 같은 심해
의 상상은 9행에서 갑작스럽게 땅속의 상상으로 대체된다.
석조기둥은 아까시나무로, 해초는 가지 혹은 뼈마디로, 해
초의 흔들림은 꽃과 향기의 번짐으로 대체된다. 독자는 심
해와 땅속이라는 이질적 공간을 하나로 통합함으로써 기억
에 대한 화자의 의식성에 도달해야 한다. 그리고 마지막에
이르면 "별자리"나 "사라진 빛들"이라는 시어에 의해 시적
공간은 다시 밤하늘로 이동하게 된다. 이때 원관념 기억은
해초→유적→가지→향기에서 다시 '빛'으로 전이된다. 이러
한 상상의 구도에 등장하는 심해와 땅속 그리고 밤하늘이라
는 초현실적 공간은 불연속적이다. 왜냐하면 세 차원으로의
공간 이동이 모두 갑작스럽기 때문이다. 이 같은 공간의 불
연속성은 구체적인 의미의 생산보다는 그만의 독특한 내면
풍경을 창출하는 데 기여하는 것으로 보인다. 그 풍경의 빛
깔은 전반적으로 우울하다.

2. 세계 바깥에서 조직된 자아의 중심

그렇다면 우울한 기억의 고통에 압도되어 있는 시적 자아
는 정확히 어디에 위치해 있는가? 이러한 질문이 촉발되는
것은 윤성택의 시에서 밥을 먹고 노동을 하고 누군가를 몸
으로 사랑하는 등등의 일상 체험이 대부분 소거되어 있기 때
문이다. 그는 어떤 방식으로 존재하는가? 윤성택의 시에 기
억과 더불어 자주 발견되는 것 가운데 하나가 사이보그(cy-
borg)적 자아—세계 혹은 안드로이드(android)적 자아—세
계라 할 수 있다. 시인은 "일생을 기계 속으로 전송시킨다
면/ 바코드로 된 영혼을 얻을지도 모르는 일"(「현금 자동지
급기」), "빛은 운명을 가볍게 액세스하며 전원 속/ 비밀의
순간들을 인증한다"(「데자뷰」), "통화권을 이탈한 핸드폰처
럼/ 혹사한 몸이 나보다 더 외롭다"(「몸」)고 말한다. 바코드
로 된 영혼, 빛으로 복사된 운명, 베터리가 방전된 몸 등은
모두 기계와 접목된 존재의 상태를 의미한다. 세계는 이러한
개별 존재의 작동 혹은 작용을 조절하고 감시하는 거대한 구
조물이라 할 수 있다. 시인은 또다른 시에서 "이제 모두 지
구로 보내졌으므로/ 나를 이루던 중심이 바깥으로 조직된
다/ 나는 매일 나를 바꾸고/ 광활한 네트워크로 거리를 연결
한다"(「거리의 시냅스」) "나는, 송수신이 두절된 탐사로봇
처럼/ 결함을 복구하느라 껐다 켰다를 수십 번 반복하는/ 누
군가를 떠올려본다"(「다운로드」)라고 말한다. '나'의 중심

을 광활한 네트워크로 전송시킨 자아와 스위치로 조작되는
타자는 모두 유기체적 몸의 질서를 벗어난 존재성을 드러
낸다. 이때 '나'는 피와 땀과 감정을 가진 생명적 존재가 아
니라 하나의 신호이거나 암호로 세계 내에 존재하게 된다.

얼마나 많은 문을 지나쳐왔을까
문은 사각의 틀로 암호화된 나를 읽는다
그리고 비릿한 숨결로 몸을 불어낸다

문을 넘으면 과거의 내가 사라지고
불확실한 내가 만들어진다
한 겹 한 겹씩 시간을 두르고
둥둥 어디로든 흘러다닌다 한때,
오래도록 문턱에 있던 적도 있다

바람은 천천히 불어오고 있으나
위태롭게 커가는 희망 끝에는
터질 듯한 공포가 번들거린다
때가 되면 문과 문을 통과하며
나를 이동시켜야 한다

의식은 끈끈한 점성으로 버틴다
수많은 문을 지나며 내가 나를 믿지 않을 때

눈물 같은 막 안으로 뜨거운 것이 스민다
봉분은 관을 품고 밤하늘을 떠다닌다

나는 원본이 해체되고 문으로 복사된
한낱 비눗방울이다 웅크려 늙어버린 내가
문의 망막으로 스캔되는 그 짧은 동안
시간의 테를 두른 새로운 내가 나타난다
　　　　　　　　　　　　—「텔레포테이션」 전문

　이 시에서 '문'은 '나'를 읽고 복사하고 스캔하는 인터페
이스(interface)를 상징한다. 그 문을 통과하면 존재의 내부
에 축적된 시간성은 사라지고 불확실한 존재로 거듭나게 된
다. 원본을 해체하면서 진행되는 문 통과하기는 '나'를 스스
로 믿을 수 없는 존재로 인식시키고 '비눗방울'처럼 위태로
운 존재로 변질시키는 것이다. 아울러 문을 통과하며 '나'는
늙어버린다. 그런 의미에서 이 새로운 '나'는 태어나면서 늙
어버리는 역설을 품고 있다. 이와 같은 자아를 시인은 밤하
늘을 둥둥 흘러다니는 관의 이미지로 묘사한다. 기억이 한
존재의 통일된 감각과 자기 정체성을 말해주는 가장 중요한
시간의 단서라면 문 통과하기는 기억을 지우거나 훼손하는
과정과 연결될 수 있다. 이런 맥락으로 본다면, 윤성택 시에
'기억'이라는 시어가 수없이 많이 반복되는 이유를 원본의
해체에 대한 존재론적 저항으로 해석해볼 수 있을 듯하다.

이러한 저항이 「텔레포테이션」에는 의식의 '끈끈한 점성'으로 문턱을 넘지 않으려고 버티는 시적 자아의 모습으로 나타난다. 그러나 원격이동은 불가피하다. 이것이 윤성택의 시적 자아가 위치해 있는 세계이다. 그는 매일 문을 통과하며 자신의 중심을 전송시킨다. 그는 수십 개의 채널 속으로 파편화되면서 밤의 네트워크를 따라 이동한다. 이 이동로는 "기호가 없어진 이정표"(「응시」)이다. 이 같은 세계는 새로운 공간의식을 낳는다. 중력의 법칙에 따라 땅에 발을 붙이고 집을 짓고 경작을 해왔던 존재들이 공중의 전파체로 자신을 바꾼다는 것은 곧 새로운 공간과 시간 속으로 빨려들어감을 의미하기 때문이다. 시인은 이를 "중력과 부력 사이를/ 쉼 없이 오가는 이 느낌이/ 몸의 빈틈을 다 메우고 솟는 눈물 같다는 것"(「가라앉는 꽃」)이라고 말한다. 이제 존재는 중력과 부력 사이를 떠돌며 안착하지 못한다. 그것은 하나의 신호이거나 암호일 뿐이다. 다시 말해 손과 발이 필요 없는 무형의 존재로서 공중을 배회하는 것이다. 이때 신체 기관 가운데 남는 것은 브라운관이나 액정 화면을 읽어낼 눈이라 할 수 있다.

　　각기 한 방향에서 소실점으로 사라지는
　　브라운관 바깥은 화소 같은 눈알뿐,
　　사람들은 화분처럼 앉아서 주광성을 떤다
　　　　　　　　　　　　　　　　　　　　　　　　—「채널」 부분

늦은 밤 저리 환한 침묵으로 서 있다
나를 요약하는 한 뼘도 안 되는 조각
천천히 밀어넣는다
비밀번호를 누를 때마다 동태를 살피는
무인카메라가 거울 속 한 점으로 뚫려 있다
거래는 늘 일방적이다

　　　　　　　　　　　—「현금 자동지급기」 부분

　브라운관을 판독하는 사람들의 눈알이나 '나'의 정보를 들
여다보는 무인카메라의 눈은 모두 이 세계의 표면을 검색하
고 검열하는 감시체를 함의한다. 이때 관찰자와 대상 간의
소통은 일방적이다. 대상은 자신을 들여다보는 '눈'을 거부
할 수 없으며, 거기에 관여할 수도 없다. 즉 대상화된 존재는
자신의 고유성을 온전히 보전하거나 제대로 전달할 수 없는
것이다. 앞서 살핀 시 「텔레포테이션」에서 보았듯이 대상을
스캔하는 문을 통과하는 순간 대상으로서 '나'는 해체되고
늙어버린다. 그런데 관찰자와 대상의 자리는 고정되어 있지
않다. 이 둘은 언제나 역전될 수 있다. '나'는 "화소 같은 눈
알"이면서 동시에 관찰되는 대상이기도 한 것이다. 이 세계
를 이와 같은 '눈'의 세계로 요약한다면 우리 모두는 '눈'으
로써 서로를 해체시키는 가학과 피학을 노정하게 된다. 윤
성택이 인식한 세계와 존재 인식은 이에 기반한다. '눈'으로

축소된 자아와 세계가 서로에 대해 일방적으로 작용력을 실행할 때 존재는 하나의 원자화된 파장으로 화한다. 이러한 존재성을 시인은 "(전략) 나는/ 아무 정처 없는 단서이면서/ 탁한 환멸의 무게, 그 속성이며 취미"(「시간의 환부」)라고 고백한다. 뜨거운 피와 피부 감각과 표정을 상실한 존재의 변환 속에서 시인은 기술시대의 우울을 토로하는 것이다.

3. 자기에게로 돌아가는 정념의 끈

윤성택의 시에서 이러한 우울의 상징물로 등장하는 것이 '창문'이다. 그의 창문은 세상을 내다보는 확대된 '눈'의 일종이다. "창문은 산화된 필름처럼 하나의 색으로/ 한 장면만 비춰온다."(「떠도는 차창」), "카메라 액정 같은 창문에는 불면이 저장된다"(「타인」), "알약 속에 켜져 있는 안개,/ 창틀에서 뻗어온 가장 시든 잎이 숨을 몰아쉰다"(「안개」), "어떤 것도 관음증으로 둘러싸인 창들의 피로를 열지 못한다"(「저녁의 선택」)와 같은 구절에 보이는 산화된 필름, 불면, 시든 잎, 피로 등과 같은 시어는 쇠락하는 세계의 단면을 암시한다. 이러한 병적 세계에서 존재의 분열은 불가피한 일일 수밖에 없다.

한 평 공간 속에서 몸이 솟구치는 동안

거울 안에는 노인이었다가 아이였다가 나였다가
타인이거나 근친인 외면(外面)이 겹친다
밤마다 가방은 택배처럼 귀가하고
TV는 통속이 머금은 얼굴에 빛을 뿜는다
                              —「봄비는 공중」 부분

어느 꿈이 황금음반을 틀어주고 있다는 생각
탐사선이 태양계 끝에 가 있는 것은
방안에 떠 있는 어떤 입자 속 제국에
내가 기류하고 있다는 것, 비 오는 밤
막막한 공간에 음악이 퍼지면
몇백억 킬로미터 밖 동체가 느껴진다
나는, 이 우주에서 가장 멀리 떨어져 있는
내게서 보내온 시간을 견디는 것이다
                              —「기류(寄留)」 부분

어딘가 비문(非文)으로 남겨진 당신,
나는 악(惡)하게 서술되어 결속되지 못한다
의식하면 할수록 나로부터 강파르고 태연하다
나는 서서히 그림자로 부패해갈 것이고
자글자글한 어둠 속에서 표정을 바꿀 것이다

불현듯 또다른 내가 생각을 입을 때마다

내 뜻으로 버려지는 나는, 검은 가면을 쓰고
　　　불경한 무대 위에서 독백을 시작한다
　　　나를 버리는 데 걸리는 시간이 극적으로
　　　추억을 무모하게 만드는지 모른다
　　　　　　　　　　　　　　　　　　　—「시간의 환부」 부분

　시 「붐비는 공중」에 등장하는 거울에는 "노인이었다가 아이였다가 나였다가/ 타인이거나 근친인 외면(外面)"이 겹쳐있다. 노인과 아이, 타인과 근친이라는 대립항이 하나의 얼굴에 결집되는 '나'는 누구인가? 대립항의 겹침은 모순과 분열로 얼룩진 존재의 초상을 의미화한다. 한 존재가 질량과 부피를 버린 채 수많은 채널 속으로 전송될 때 자아의 정체성은 찢기면서 와해된다. 이러한 존재 확인의 순간 '가방'은 택배처럼 낯설게 귀가한다. '가방'은 한 존재의 욕망과 꿈을 담는 주머니라는 점에서 존재의 분신이라 할 수 있다. 윤성택의 시에 가끔 '가방'이 등장하는데 그것은 여행의 공간(「여행」)이나 미지의 시간(「저녁의 질감」), 또는 꽃말 속 엽서(「우연한 일기」)나 외딴섬(「저녁의 선택」)의 이미지가 환기하는 외로움과 결합된 상징물이라 할 수 있다. 그런데 TV가 놓여 있는 일상의 공간에서 '나'의 분신인 가방은 택배라는 비인간적 차원으로 화한다. '나'의 정체성이 의심되는 순간 '나'의 꿈과 욕망을 실어 나르던 가방의 정체성 또한 낯선 사물성으로 인식되는 것이다.

시 「기류(寄留)」는 꿈의 생생한 체감을 아름답게 묘사한 작품 가운데 하나이다. 시적 자아는 황금음반이 들려주는 우주의 음악 속에 몸을 띄우고 있다. 그런데 시적 자아는 음악 속에 떠 있는 자신의 동체가 "몇백억 킬로미터 밖"에 있음을 느낀다. 일종의 유체이탈 현상이 일어나고 있는 것이다. 다시 말해 '나'는 시간과 공간의 분열 속에 놓여 있는 것이며 그 분열을 자신이 알고 있는 것이다. "나는, 이 우주에서 가장 멀리 떨어져 있는/ 내게서 보내온 시간을 견디는 것이다"라는 구절에서 꿈과 현실의 간극이 만들어놓은 존재의 찢김과 비애를 읽을 수 있다. 우주의 음악 속에 기류하는 '나'는 상상 속의 '나'이며 실제의 '나'는 시간과 공간을 초월해 상상 속의 '나'에게 도달할 수 없다. 그러나 이러한 상상이 자아의 분열을 초래할지라도 '나'는 황금음반의 음악을 포기할 수 없는 것이다. 이것이 윤성택이 현실을 견디는 방식일지도 모른다.

앞서 살핀 「붐비는 공중」이 일상에서의 분열을, 「기류(寄留)」가 꿈(환상)에서의 분열을 각각 드러낸다면 시 「시간의 환부」는 의식의 분열을 나타낸다. 이 시에서 '나'는 누군가에 의해 악(惡)하게 서술된 채 "강파르고 태연"하게 본래적 자아와 맞서 있다. 이때 본래적 자아로서 '나'와 악하게 서술된 '나'의 위계가 뒤바뀐다. 본래적 자아는 '그림자'가 되어 부패하면서 자신의 '표정' 즉 정체성을 잃어간다. 내가 아닌 '나'를 버리고자 하지만 '검은 가면'을 쓴 '나'는 "불경

한 무대 위에서 독백을 시작한다". 이 같은 검은 가면의 '나'
는 나의 의식 밖에 존재하는 것이 아니라 "불현듯 또다른 내
가 생각을 입을 때마다" 생겨나는 존재라는 점에서 자신과
분리할 수 없는 또다른 자아라 할 수 있다.

   윤성택의 내적 자아는 이처럼 무수한 분열로서 이 세계에
존재한다. 이러한 자아 분열의 근원에는 그의 삶을 둘러싸
고 있는 현대 기술 문명의 메커니즘이 자리해 있다. 여기서
다시 시「거리의 시냅스」의 "이제 모두 지구로 보내졌으므
로/ 나를 이루던 중심이 바깥으로 조직된다/ 나는 매일 나
를 바꾸고/ 광활한 네트워크로 거리를 연결한다"라는 구절
을 상기할 필요가 있다. '나'의 중심이 안이 아니라 바깥에
서 조직될 때 그 중심은 내부적 동력을 상실한 중심이라는
점에서 온전한 의미의 중심이라 할 수 없다. 자신과 무관한
중심이 바깥에서 구성되는 것이다. 그렇기 때문에 '나'는 매
일 나를 바꿔야 하는 존재의 위기를 맞게 된다. '나'와 다른
불확실한 '나'(「텔레포테이션」)는 생성과 사멸을 거듭하면
서 광활한 네트워크에 편입된다. 시인은 이를 "나는 형겊
이 되었다가 검은 유체가 되었다가/ 사라진다"(「뉴스」)라
고 말한다. 이것이 윤성택의 존재일반에 대한 이해라 할 수
있다. 시인만이 아니라 우리 모두는 불확실한 '나'의 생성
을 막을 수 없는 불가항력적 메커니즘 속에서 살고 있지 않
은가? "오로지 무채색 페이지에 적혀"(「우연한 일기」) "아
무 정처 없는 단서"(「시간의 환부」)로 공중을 떠돌아야 하

는 이 실존의 사태를 어느 누구도 벗어날 수 없는 것이다. 그렇다면 불확실한 '나'와 불확실한 '너' 사이에서 태어나는 사랑과 믿음은 모두 허위적이거나 기만적인 것일 수밖에 없다. 그렇기 때문에 시인은 "모니터의 검은 점을 통과해 쏟아지는 이메일의 활자들, 점멸하는 입자의 배열이 공중으로 흩날린다 문을 열면 아주 먼 곳일지라도 다른 쪽 문이 열린다 우리의 시간은 종종 다른 곳에 있다"(「데자뷰」)고 생각한다. 이와 같은 상황에서 가장 진실한 감정은 오로지 분열된 '나'를 바라보는 자의 외로움이라 할 수 있다. 앞서 살핀시 「아틀란티스」「기류(寄留)」를 포함해 윤성택의 시 전체를 휩싸는 외로움과 그와 연동된 우울의 서정은 이러한 존재론과 무관하지 않은 것으로 여겨진다.

주전자가 고요를 밀어올리며
달그락거린다 넘칠 듯 넘치지 않는
생각들, 물 끓는 소리
방안을 적신다

아무도 찾아오지 않는 저녁
문득, 눈이라도 내렸으면
하얀 오선지 위 빽빽이 채워진 악보처럼
수놓은 음들

노란 가로등 아래 누군가 있다면
내가 켠 성냥
바람 막아줄 따뜻한 손이 있다면

주전자 뚜껑을 비스듬히 열어놓고
커튼을 내리고
쓰다 만 편지를 적는다
잔기침이 난다, 차 한 잔
향기가 행간을 밀고 가는 밤

한쪽으로 몸을 기댄 나무들
그 품에서 일제히 멀어져가는 잎새들,
닫혀 있는 유리창 경계를
자꾸만 넘나드는 바람 소리
　　　　　　　　　　—「쓰다 만 편지」전문

　주전자 물이 끓고 음악과 차향이 스미는 그러나 "아무도
찾아오지 않는 저녁"의 시간 속에 홀로 앉아 있는 '나'는 사
이보그적 자아나 안드로이드적 자아와는 전혀 다른 친근감
으로 우리에게 다가온다. 그는 따뜻한 손을 그리워하며 잔
기침을 하고 차향을 음미한다. 그가 있는 실내는 외로움의
공간이지만 한편 수분과 온기를 간직한 인간적 공간이다.
그런 의미에서 윤성택의 '외로움'은 한 존재가 인간적 감정

의 깊이로 잦아드는 휴식의 순간이기도 하다. 다른 시에서 보이는 "여태 이름이 떠오르지 않는 사람은/ 간신히 내 이름을 잊어가는 사람이다"(「우연한 일기」), "아무도 모르는 내가 되어본 적 있는 사람은 안다"(「해후」), "나는 지하 카페 뒷좌석이거나 눅눅하게 젖어버린 노트."(「비에게 듣다」)에 묻어 있는 쓸쓸함과 외로움은 시인이 자신의 내면세계에 충실해지는 순간을 기록한 것이라 할 수 있다. "중력과 부력 사이"(「가라앉는 꽃」)를 쉼 없이 오가야 하는 존재상황을 가로질러, 검은 가면을 벗고, 내가 비로소 '나'일 수 있는 외로움의 순간은 비극적이지만 진실하다. 그런 의미에서 윤성택의 우울과 외로움은 바깥에서 수없이 재조직되는 거짓 자아의 중심을 벗어나 본래적 자아에게로 귀의하는 지극히 인간적인 정념의 끈이라 할 수 있다.

윤성택 충남 보령에서 태어나 2001년 『문학사상』 신인
상에 당선되어 작품활동을 시작했다. 시집으로 『리트머
스』, 산문집 『그 사람 건너기』, 운문집 『마음을 건네다』
가 있다.

문학동네시인선 045
감(感)에 관한 사담들
ⓒ 윤성택 2013

1판 1쇄 2013년 6월 27일
1판 3쇄 2019년 3월 5일

지은이 | 윤성택
펴낸이 | 염현숙
책임편집 | 김필균
편집 | 김민정 강윤정 김형균 유성원
디자인 | 수류산방(樹流山房)
본문 디자인 | 유현아
마케팅 | 정민호 박보람 나해진 최원석 우상욱
홍보 | 김희숙 김상만 이천희
제작 | 강신은 김동욱 임현식
제작처 | 영신사

펴낸곳 | (주)문학동네
출판등록 | 1993년 10월 22일 제406-2003-000045호
주소 | 10881 경기도 파주시 회동길 210
전자우편 | editor@munhak.com
대표전화 | 031) 955-8888 팩스 | 031) 955-8855
문의전화 | 031) 955-3576(마케팅), 031) 955-8865(편집)
문학동네카페 | http://cafe.naver.com/mhdn
북클럽문학동네 | http://bookclubmunhak.com

ISBN 978-89-546-2187-8 03810
값 | 10,000원

* 이 시집은 한국문화예술위원회와 경기문화재단의 기금을 받아 출간되었습니다.

www.munhak.com
문학동네